# VENTE

## du Mercredi 15 Décembre 1909

# TABLEAUX

## AQUARELLES, DESSINS

PAR

# G. CALVÈS

ET PAR

# MARIE CALVÈS

Mᵉ André COUTURIER
COMMISSAIRE-PRISEUR
Successeur de Mᵉ Léon TUAL
56, Rue de la Victoire, 56

M. F. MARBOUTIN
PEINTRE-EXPERT
2, Rue de Marseille, 2

# CATALOGUE

DES

# TABLEAUX

## AQUARELLES — DESSINS REHAUSSÉS

PAR

# G. CALVÈS

ET PAR

# MARIE CALVÈS

## SA FILLE ET ÉLÈVE

### PROVENANT DE LEUR ATELIER

DONT LA VENTE AURA LIEU

## HOTEL DROUOT — SALLE N° 11

### Le Mercredi 15 Décembre 1909

A 3 HEURES

| M<sup>e</sup> André COUTURIER | M. F. MARBOUTIN |
|---|---|
| COMMISSAIRE-PRISEUR | PEINTRE-EXPERT |
| Successeur de M<sup>e</sup> Léon TUAL | |
| 56, *Rue de la Victoire*, 56 | 2, *Rue de Marseille* 2 |

## EXPOSITION PUBLIQUE

*Le Mardi 14 Décembre 1909, de 1 heure 1/2 à 6 heures 1/2*

## CONDITIONS DE LA VENTE

———

La vente sera faite au comptant.

Les adjudicataires paieront *dix pour cent* en sus des enchères.

Il ne sera admis aucune réclamation une fois l'adjudication prononcée.

# G. CALVÈS et Marie CALVÈS

Aimer le grand air, la pleine campagne, est assez naturel de la part d'un peintre animalier qui s'intéresse à tous les animaux de la ferme, petits et grands; mais faire partager ce plaisir à une femme, à une jeune fille, n'est pas chose ordinaire. C'est même, à notre avis, un véritable tour de force qu'a réalisé le peintre Calvès en inspirant sa passion pour la campagne à sa fille et digne élève.

G. Calvès connaît à fond tous les animaux domestiques et nous les montre tels qu'ils sont, au repos, au travail, au coin de l'âtre, dans les cours, à l'écurie ou dans l'étable, dans les champs et les bois. J'ajouterai que, depuis 1870, cet artiste de talent qui a été, d'ailleurs, récompensé au Salon, n'a cessé de se faire remarquer par ses envois. G. Calvès ne s'est pas occupé d'une seule espèce d'animaux, il a peint de superbes dindons, d'adorables moutons, des chevaux comme on en voit peu. Quand je dis qu'il ne s'est pas spécialisé, j'ai peut-être tort; la vérité est que cet enragé peintre animalier s'est distingué dans toutes ses productions, mais il est certain qu'il a un faible pour les chevaux, pour les chevaux de trait surtout qu'il aime tout particulièrement, qu'il connaît comme personne et sait peindre d'une façon ravissante.

Par leur composition, par leur peinture, ses toiles sont, pour la plupart, des œuvres de premier ordre; ses paysages sont vus d'un œil juste et traités simplement; ses animaux sont dans l'air, ils sont vivants on les voit remuer, donner le coup de collier.

Mlle Marie Calvès qui, à l'âge de quatorze ans, a fait recevoir une de ses toiles au Salon, expose, depuis dix ans, des tableaux justement estimés et a su déjà se créer une véritable personnalité. Elle s'est spécialisée dans l'étude des chiens de chasse et s'est fait une place à part dans cette spécialité. D'ailleurs, elle a non seulement obtenu une mention au Salon, mais un prix d'encouragement de l'État et l'un de ses tableaux est actuellement exposé aux Beaux-Arts. Ses dernières œuvres offraient, cette année, un intérêt tout particulier. Sa toile : Avant la curée aux flambeaux, était d'un effet saisissant: sa harde de chiens harassés après une journée de chasse et retrouvant leur énergie au moment de la curée était magistralement rendue, les attitudes des animaux étaient fort bien observées et l'effet de lumière produit par la lune les mettait tout à fait en valeur. Quand à son aquarelle : Poste de halage sur l'Yonne, elle dénotait une scrupuleuse observation de la nature et une étude approfondie des animaux qui n'ont de secret ni pour Monsieur, ni pour Mlle Calvès.

Aug. JOIGNEAUX.

# G. CALVÈS

## TABLEAUX

**1** — Les Sapins.

Salon de 1908.

Larg. : 2m20. Haut. : 1m4).

**2** — Au Bois.

Larg. : 0m65. Haut. : 0m5).

**3** — La Moisson.

Larg. : 0m35. Haut. : 0m27.

**4** — Les Meules.

Larg. : 0m35. Haut. : 0m27.

**5** — Le Bain.

Larg.: 0m92. Haut. : 0m65.

**6** — Le Troupeau de dindons.

Larg. : 0m55. Haut. : 0m38.

**7** — Coin de ferme (Champagne).

Larg.: 0m27. Haut. : 0m35.

**8** — L'Etang.

Larg. : 0m27. Haut : 0m35.

9 —- Les Charbonniers.

Salon de 1909.

Larg. : 1ᵐ93. Haut. : 1ᵐ3o.

10 — Gardeuse de dindons.

Larg. : 0ᵐ73. Haut. : 0ᵐ92.

11 — A l'Abreuvoir.

Larg. : 0ᵐ65. Haut. : 0ᵐ5o.

12 — Retour des champs.

Larg. : 0ᵐ36. Haut. : 0ᵐ48.

13 — Les Blés.

Larg. : 0ᵐ24. Haut. : 0ᵐ16.

14 — Rue de village.

Larg. : 0ᵐ35. Haut. : 0ᵐ27.

15 — Vraincourt (Champagne).

Larg. : 0ᵐ27. Haut. : 0ᵐ19.

16 — Les Charbonniers.

Larg. : 0ᵐ73. Haut. : 0ᵐ92.

17 — Ferme à Soncourt (Haute-Marne).

Larg. : 0ᵐ60. Haut. : 0ᵐ43.

18 — Cœuilly.

Larg. : 0ᵐ35. Haut. : 0ᵐ27.

19 — Cour de ferme.

Larg. : 0ᵐ35. Haut. : 0ᵐ27.

20 — Une ruelle à Soncourt.

Larg. : 0ᵐ27. Haut. : 0ᵐ22.

❀ ❀ ❀

# AQUARELLES

## DESSINS REHAUSSÉS

21 — Chez le maréchal-ferrant.

> Aquarelle. Larg. : 0<sup>m</sup>94. Haut. : 0<sup>m</sup>63.

22 —  e Troupeau.

> Dessin rehaussé. Larg. : 0<sup>m</sup>56. Haut. : 0<sup>m</sup>3o,

23 — Les Platriers.

> Dessin rehaussé. Larg. : 0<sup>m</sup>64. Haut. : 0<sup>m</sup>43.

24 — Les Semailles.

> Aquarelle. Larg. : 0<sup>m</sup>67. Haut. : 0<sup>m</sup>5o.

25 — La Cueillette.

> Dessin rehaussé. Larg. : 0<sup>m</sup>19. Haut. : 0<sup>m</sup>3o.

 6 — Le Chemineau.

> Salon de 1909.
>
> Aquarelle. Larg. : 0<sup>m</sup>72. Haut. : 1<sup>m</sup>o3.

27 — Au Printemps.

> Aquarelle. Larg. : 0<sup>m</sup>73. Haut. : 0<sup>m</sup>54.

28 — En Visite.

> Aquarelle. Larg. : 0<sup>m</sup>69. Haut. : 0<sup>m</sup>52.

29 — Le Grain.

> Dessin rehaussé. Larg. : 0<sup>m</sup>6o. Haut. : 0<sup>m</sup>3o.

**3o — Aux Champs.**

Dessin rehaussé. Larg. : $0^{m}22$. Haut. : $0^{m}38$.

**3t — La Meule.**

Dessin rehaussé. Larg. : $0^{m}3t$. Haut. : $0^{m}2t$.

**32 — En route pour le marché.**

Aquarelle. Larg. : $0^{m}28$. Haut. $0^{m}35$.

# Marie CALVÈS

## TABLEAUX

33 — Mes Modèles.

Larg. : 0ᵐ54. Haut. : 0ᵐ73.

34 — Au Marais.

Larg. : 0ᵐ65. Haut. : 0ᵐ49.

35 — La Bergerie.

Larg. : 0ᵐ30. Haut. 0ᵐ23.

36 — Moutons au bord de la mer. (Concours Troyon
1909).

Larg. : 1ᵐ50. Haut. ; 0ᵐ90.

37 — Ferme en Bourgogne.

Larg. : 0ᵐ27. Haut. ; 0ᵐ22.

38 — Entrée de village.

Larg. : 0ᵐ25. Haut. : 0ᵐ21.

39 — Une rue à Soncourt (Haute-Marne).

Larg. : 0ᵐ27. Haut. : 0ᵐ22.

40 — Les Moyettes.

Larg. : 0ᵐ24. Haut. : 0ᵐ22.

41 — Chasse aux canards.

Larg. : 0ᵐ27. Haut : 0ᵐ22.

42 — Sous bois.

Larg. : 0ᵐ32. Haut. ; 0ᵐ22.

43 — Au ferme.

Larg. : 0ᵐ38. Haut. : 0ᵐ22.

44 — Près du terrier.

Larg. : 0ᵐ38. Haut. : 0ᵐ22.

45 — Roses, œillets et bibelots.

Larg. : 0ᵐ73. Haut. : 0ᵐ46.

46 — Moutons (étude).

Larg. : 0ᵐ22. Haut. : 0ᵐ13.

47 — Chiens d'arrêt.

Larg. : 0ᵐ46. Haut. : 0ᵐ33.

48 — Le Moulin à Vignory.

Larg. 0ᵐ24. Haut. : 0ᵐ16.

49 — La Soupe.

Larg. : 0ᵐ92. Haut. : 0ᵐ65.

# AQUARELLES

## DESSINS REHAUSSÉS

50 — Joyeux ébats.

> Salon de 1903.
>> Aquarelle. Larg.: 1 m. Haut.: 0<sup>m</sup>75.

51 — Au relais.

>> Aquarelle. Larg.: 0<sup>m</sup>55. Haut.: 0<sup>m</sup>46.

52 — A la Source.

>> Dessin rehaussé. Larg.: 0<sup>m</sup>35. Haut.: 0<sup>m</sup>24.

53 — L'Hiver.

>> Aquarelle. Larg.: 0<sup>m</sup>35. Haut.: 0<sup>m</sup>48.

54 — Coin de ferme.

>> Aquarelle. Larg.: 0<sup>m</sup>32. Haut.: 0<sup>m</sup>23.

55 — Matin en montagne.

>> Aquarelle. Larg.: 1<sup>m</sup>05. Haut.: 0<sup>m</sup>75.

56 — Le relais.

>> Dessin rehaussé. Larg.: 0<sup>m</sup>32. Haut.: 0<sup>m</sup>21.

57 — Envoi.

>> Aquarelle. Larg.: 0<sup>m</sup>43. Haut.: 0<sup>m</sup>33.

58 — A la fontaine. Bretagne.

>> Aquarelle. Larg: 0<sup>m</sup>62. Haut.: 0<sup>m</sup>41.

5g — Soir de chasse.

Aquarelle. Larg. : 0m53. Haut. : 0m38.

60 — Au Marais.

Aquarelle. Larg. : 0m60. Haut. : 0m40.

61 — Page d'étude.

Aquarelle. Larg. : 0m35. Haut. : 0m27